내 **심장**은
너를 사랑하기 위해
뛰고 있다

내 심장은 너를 사랑하기 위해 뛰고 있다

발행일	2020년 11월 30일

지은이	박중장		
펴낸이	손형국		
펴낸곳	(주)북랩		
편집인	선일영	편집	정두철, 윤성아, 최승헌, 배진용, 이예지
디자인	이현수, 김민하, 한수희, 김윤주, 허지혜	제작	박기성, 황동현, 구성우, 권태련
마케팅	김회란, 박진관, 장은별		
출판등록	2004. 12. 1(제2012-000051호)		
주소	서울특별시 금천구 가산디지털 1로 168, 우림라이온스밸리 B동 B113~114호, C동 B101호		
홈페이지	www.book.co.kr		
전화번호	(02)2026-5777	팩스	(02)2026-5747

ISBN	979-11-6539-511-7 03810 (종이책)	979-11-6539-512-4 05810 (전자책)

이 도서의 국립중앙도서관 출판예정도서목록(CIP)은 서지정보유통지원시스템 홈페이지(http://seoji.nl.go.kr)와
국가자료공동목록시스템(http://www.nl.go.kr/kolisnet)에서 이용하실 수 있습니다.
(CIP제어번호: CIP2020050387)

(주)북랩 성공출판의 파트너

북랩 홈페이지와 패밀리 사이트에서 다양한 출판 솔루션을 만나 보세요!

홈페이지 book.co.kr   •   **블로그** blog.naver.com/essaybook   •   **출판문의** book@book.co.kr

내 심장은
너를 사랑하기 위해
뛰고 있다

박중장 시집

북랩 book Lab

이 책의 이야기가
그대를 안아줄 수 있다면,
그대를 뜨겁게 달궈줄 수 있다면
더할 나위 없이 기쁘겠습니다.

차 례

| 2부 |
너를 사랑하기 위해 / 85

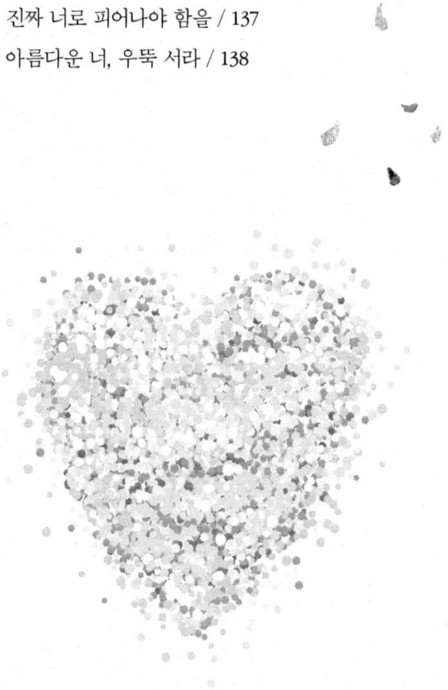

1부

내
심
장
은　오
늘
도

떠올라, 너로 나를 물들여라

어둑한 해변,
잔파도가 모래를 적시며 굴러와
발가락을 덮는다

해오름까지 두어 시간 남짓,
수평선 위로 떠오르는 밝은 불덩이를 보려
나는 이 자리에 서 있다

너무 일찍 발을 적시었나

이곳을 향하던 내 발걸음은
너를 원하는 내 마음만큼 급했다

네가 어서 뜨겁게 타올라 주길,
주체 못 할 정도로 타올라
내 얼굴 뜨겁게 달구어 주길……

내 발걸음은 이 자리에서도 급하다

어서 떠올라,
어서 타올라
내 얼굴 붉게 물들여 다오

나 지금 저 수평선으로 달려갈 테니
너의 가슴속으로 달려갈 테니

그만큼 아프기에

난 오랜 세월 홀로
사랑앓이를 하고 있소

내 사랑이 당신에게 닿지 않아
가슴앓이를 하고 있소

절대 꾀병이 될 수 없는……

당신이 아름다운 만큼 아프기에
당신을 사랑하는 만큼 아프기에

아, 오늘도

꽃내음이 그리워
꽃밭에 가려 했습니다

그때 문득 생각났습니다
그대의 향기가

나는 그대의 향기가
그리웠던 거였습니다

어제도 맡았고
그제도 맡았던
그대의 향기가

오늘도 그리웠던
거였습니다

그대 없다면

세상이 내게 엎드려 절하며
자기를 다 가져달라 애원해도
그 세상에 그대 없다면

내게 아무 의미 없음을

그 세상에 그대의 숨결 없어
내 귀를 간지럽혀줄
그대의 사랑 고백 없다면

내게 아무 의미 없음을

그 세상이 내게 아무 쓸모없음을,
그대는 아시나요

널 닮아 참 예쁘다

가만히 너를 들여다본다
보면 볼수록 예쁘다

꽃을 닮았을까
아니다
넌 꽃을 닮지 않았다

넌 너를 닮았다
네 속에 있는
진짜 너를 닮았다

그래서 예쁘다
너만의 어여쁜 속이
겉으로 자꾸 드러나
참 예쁘다
꽃보다도 예쁘다

뒷모습이 얼굴이라면

너의 뒷모습을 볼 때마다
왼쪽 가슴이 아프다

뒷모습이 얼굴이라면
너의 뒷모습은 눈물로 얼룩진 얼굴

홀로 아픔을 삼키는 외톨이의 얼굴

"살 수 없을 것 같아요"라고
겉으로는 힘없이 말하며
속으로는 "제발 살려주세요!" 하고
목청껏 외치는 얼굴

죽고 싶지만,
간절히 살고 싶은 얼굴

왼쪽 가슴이 더욱 아프다,
한다
짓무른 내 심장이

애련, 멍울지다

비에 젖어 고개 숙인
강아지풀 머리에 맺힌 빗방울

내 그대를 향한 미련처럼
좀처럼 떨어지지 않네

바람이라도 불어와
축축한 속 말려주고
미련처럼 달린 저 끈적한 망울
떨어뜨려 주면 좋으련만
야속하게도 바람마저 피해가네

저리도 애틋하고 애절한데
어떻게 훑고 지나갈 수 있겠냐며

두 그리움 쏟아내어

그대,
굽이치는 파도처럼 내게 오라

부리나케 와 나를 와락 끌어안고
그대 가슴에 서린 그리움 토해내라

나 역시 그댈 끌어안고
이내 가슴에 맺힌 그리움 토해내리니

우리는 그렇게 서로를 다시 안은 채
뜨거운 눈물로
두 가슴에 쌓인 그리움을 쏟아내어

그리움이 비워진 두 가슴을
슬픔과 기다림이 없는 사랑으로 채우리라

내 너를 위해

오색빛깔 꽃들 가득 모아
하늘 위에 띄워놓고 싶다
네가 외로울 때 하늘 쳐다보며
색색의 꽃비 맞을 수 있게

형형색색의 보석들
하늘 위에 박아놓고 싶다
네가 낙심될 때 하늘 쳐다보며
눈빛 반짝일 수 있게

네가 스치는 모든 공간에
나의 선홍빛 사랑 뿌려놓고 싶다
네가 늘 따뜻할 수 있게

행복한 걸음

저 멀리 보이네요
벌써부터 입가에 초승달 미소 지으며
내게로 다가오는 그녀가

나도 그녀를 향해 발걸음을 떼다가
바로 멈추었습니다

내게로 향하는 걸음이
그녀에게 가장 행복한 걸음이 아닐까
하는 생각이 들어서요

너와 함께 걷고 싶다

너와 함께 걷고 싶다
걷다가 넘어져도 괜찮게
걷다가 잠시 쉬어도 괜찮게
걷다가 자꾸자꾸 행복하게

넘어지면 손잡아 일으켜줄
너이기에

걸음 멈춘 나를 평온한 눈빛으로 바라봐줄
너이기에

옆에 있다는 것만으로도 나를 설레게 할
너이기에

난 언제까지고
너와 함께 걷고 싶다

너에게 떨어지고 싶다

처마 밑,
손을 내밀어
하늘에서 내리는
빗방울을 맞는다

적당히 차가운 온도를 품은 빗방울이
내 손을 너그럽게 두드려준다

나 지금,
이 빗방울처럼
너에게 떨어지고 싶다

적당히 차가운 시상詩想을 품고 떨어져,
네 가슴 너그럽게 두드려주고
딱 좋을 만큼만 시원하게,
네 온몸 적셔주고 싶다

얼마나 좋을까

그대가 내 사랑 알면 얼마나 좋을까
그대가 나를 가져 버리면 얼마나 좋을까
나 말고 그대가,

얼마나 좋을까

선홍색 언어로

오늘은 특별한 날
너를 향한 내 마음이
네 가슴에 새겨질 날

어떤 색깔의 언어로 너의 가슴 물들일까

그래, 따뜻한 네 가슴과 어울리는
선홍색 언어로 물들여야지
이렇게.

"우리가 만나면 참 따뜻할 거야. 우리가 스치는 모든
공간과 우리가 함께하는 모든 시간이. 네 마음처럼.
그리고 네가 담겨 따뜻해진 내 마음처럼."

저 둥근 달 따다가

달빛 참 은은하여라

저 둥근 달 따다가
그대 가슴에 살포시 넣어주고 싶어라

그대 가슴 항상 은은히 빛나도록

내 너를 위해 2

나 너의 세상 청청한 하늘색으로 물들이고 싶다
네가 언제나 푸른 꿈 꿀 수 있게

나 너의 가슴 환한 핑크빛으로 물들이고 싶다
네가 언제나 설레는 마음으로
내 사랑 느낄 수 있게

고백 편지

그 순간을 기억하나요
고이 접은 고백 편지,
그대 손에 내가 쥐어주던 순간을

그 순간 그대는
세상 모든 행복을 손에 쥔 것처럼
한없이 밝게 웃었죠

그대 지금도
그 순간을 기억하는지

그대 가슴 어딘가에
나의 그 고백 편지,
접힌 채로라도 놓여 있는지

꿈의 세상

난 지금 한 평 반쯤 되는
고시원 방 침대에 누워 있다.
몸은 이 좁은 곳에 갇혀 있지만
생각은 문밖으로 나가 세상을 누빈다.

보쌈 몇 쪽 먹고 가게를 나와 치킨집으로 간다.
닭다리 하나 집어 먹고 가게를 나와 횟집을 간다.
참치회 두어 개 집어 먹고 가게를 나와
또 다른 가게를 간다.

그렇게 생각이 문밖으로 나가 세상을 누빈다.
고시원 방처럼 좁아진 내 꿈의 세상을.

굶주린 자의 소원

보쌈, 감자탕, 갈비찜, 꽃등심,
그리고 누군가의 사랑,
마음껏 먹어 보고 싶소

그 사람 세상 위에

검은 땅 위에
홀로 서 있는 사람이 있다

그 사람의 세상은
세상 안에 있지만
세상과 따로 존재한다

타인들의 세상 위에는
뭉게구름이 떠 있고

그 사람의 세상 위에는
검은 구름이 떠 있다

그 사람의 세상은
타인들이 피하는 세상,
검은 비 내리는 세상이다

너와 내가 들어가서
하얀 우산을 펴야 할 세상이다

너만이 나를

너의 사랑은
내 얼굴에 철 마스크를 씌우고
내 온몸에 철갑옷을 입혔다

나를 원한다는 한 여인의 목소리가
내게 부딪히더니 바로 튕겨나간다

난 그 여인의 목소리만 들었을 뿐
얼굴은 볼 수 없었다
내 눈까지 철 마스크로 덮여 있었기에

네 앞에서만 해체되는 철갑옷.
네 앞에서만 녹아내리는 아이언 마스크.

오늘도 내 눈은 너를 향해서만 뜬다
너만이 나를 해체하고
너만이 나를 함락한다

내 그대 그리며

나 수양버들 아래에 앉아
내 그대 기다리고 싶어라

바람이 살랑 불어오면
휘파람 소리 바람에 실어
그대에게 날려 보내고

그대 오는 모습 보일
동산 언덕에
꽃미소 심어놓고

달려와 안길 내 그대 그리며
수양버들과 함께
흔들리고 싶어라

밝은 마음 하나로

아기 새싹아,
밤새 땅속에서 싹 잘 틔웠느냐
어두워서 보이는 것 없었을 터인데 말이다

그래,
그래도 잘 틔웠겠지

밝은 마음 하나로
밝은 태양 그리며
예쁘게 틔웠겠지

아픈 소원

애잔한 얼굴로
거울 속 민머리 여성을
바라보는 여인

서른여덟, 아직은 꽃다운 나이
피다 만 꿈이 가여워
저무는 삶에 서러워

여인은 애잔한 눈망울에
쓰디쓴 눈물을 머금는다

화살처럼 날아와 가슴에 박힌
불치의 병

누가 이 화살 가슴에서 빼내어 줄까
누가 이 슬픔 가슴에서 꺼내어 줄까

제발,
저승길에 나를 버려두지 마오
제발,
꽃무덤에 나를 가두지 마오

여인은,
거울 속 민머리의 여성을 보며
바라면 바랄수록 아픈 소원을
구슬피 되뇐다

그 때문입니다

그대 용기 내어
내가 좋다 말해줄 순 없나요

자존심 때문에
차마 그럴 순 없나요

미안합니다
나는 당신보다 더
용기를 낼 수 없습니다

자존심 때문은 아닙니다

내가 가진 거라곤,
익을 대로 익은
사랑 하나밖에 없기
때문입니다

작은 사랑

1.5평 남짓 되는 고시원 방 침대에 누워
네 뺨을 쓰다듬는다

네 뺨은 첫사랑 그녀의 뺨보다 부드럽고
너의 눈은 나의 어릴 적 눈보다 해맑다

이윽고,
내 입술이 너의 입술을 훔친다

달뜨고 풋풋한 향기가 작은 방안을 채워온다

천장을 향해 사랑의 하트를 날리던
두 눈이 스르르 감긴다
이렇게 나는,
님과의 사랑을 상상만 하다가 잠에 든다

1.5평짜리 사랑은 그렇게 꿈만 꾸다가 잠이 든다

검은 우산 내던지고

혼자 걷는 길,
누구의 시선도 미치지 않는 좁디좁은 길.

하늘이 울어
그의 온몸이 젖고 또 젖어도

검은 우산 들고 대로를 걸어가는 이들은
그를 돌아보지 않네

하늘아 더 크게 울어라
땅아 더 크게 탄식하라

앞만 보며 가는 저들을 향해
더 크게.

저들이 눈길 돌리도록
저들의 가슴이 울도록

저들이,
검은 우산 내던지고
혼자 걷는 이를 향해
내달리도록.

괜찮아요, 내가 물들이면 되니까요

제 마음은 예쁘지 않습니다.
그래서 저는 그대가 내게 오지 않았으면 합니다.
그대가 내 못된 마음에 물들면 안 되니까요.

"지금 당신의 마음이 예쁘지 않아도 괜찮아요.
내가 당신을 물들이면 되니까요.
내 달빛 눈망울로, 내 꽃물 든 입술로
당신을 예쁘게 물들이면 되니까."

따뜻한 세상을 품다

아무것도 가진 게 없던 내가
그대 손을 잡았습니다
바로,
모든 걸 가진 내가 되었습니다

손에 쥘 수 없던 세상은
일순에 사라졌고
그대란 세상이
내 안에 들어찼습니다

그대란 따뜻한 세상이
내 전부가 되며
내 품에 꼬옥 안겼습니다

나무처럼

하늘에서 내려오는 것을
땅 위를 날아다니는 것을
땅속에 스며있는 것을
받아내고 받아들이는 나무

먹구름 낀 날에 비와 눈을 받아내고
사시사철 새들의 놀이터 되어주고
땅속에서는 아래로 향하는 물 빨아들여
제 몸에 담는 나무

그 나무가 되고 싶다

나무처럼 묵묵히
나를 향해 오는 것들을,
나를 필요로 하는 것들을
받아내고 받아들이고 싶다

어둡고 먹구름 낀 날이나
물과 같이 나 또한,
아래로 향하는 날에도.

거울

자신에게 자신이 없는 사람
자신을 돌아보면 민망한 사람
자신을 사랑하기가 죄스러운 사람

그렇게 움츠려 있는 사람
나 같은 사람

시린 발 어루만져

한거울,
추위에 단련된 땅 위에
맨발로 서 있는 나

단련되지 않는 발바닥,
지나온 겨울 길의 길이만큼
한기를 머금고도
발바닥은 마비가 되지 않고
계속 시리기만 하다

저 산 너머
굴뚝 달린 집 벽난로에서는
장작이 타고 있을 텐데,
더는 걸을 수 없어
그저 그곳을 상상만 한다

나를 맞아준 어여쁜 이가 보는 앞에서
벽난로 앞에 앉는다

어여쁜 이가
따뜻한 물을 세숫대야에 담아와
내 발을 씻긴다

씻기며 따뜻하게 따뜻하게
어루만진다

한겨울 맨땅이 녹아내린다

나 그날에

하늘의 눈물 그치는 날
나 하늘에 올라 뭉게구름으로 피어나리

땅의 탄식 사라지는 날
나 언덕에 올라 한 그루의 느티나무가 되리

눈물바다에 처연히 잠겨 있는 네가
바닷속에서 솟구쳐 올라,
내 위로 와 놀고
내 아래로 와 쉴 수 있도록

눈물과 탄식이 그쳐 평온해진 그 세상에서
네가 더욱더 평안할 수 있도록

아차!

출근하려고 현관을 나서다가
무언가 챙기지 않은 것 같아
가방 안을 들춰본다

"빼먹은 거 없는데"

그때 불현듯 떠오른다
그녀의 얼굴이

충격에 휩싸인다

네 생각을 빼먹다니
일어나자마자 챙겨야 하는
네 생각을 여태까지……!

다에 다를 더하면

예쁘면 답니다
귀여우면 답니다
사랑스러우면 답니다
거기에다 매력적이기까지 하면 반칙이지만,
어쨌든 매력적이기까지 하면

그대가 됩니다

너를 잃는 바엔

아파서 가슴을 찢는 자여,
찢긴 가슴속 심장을 터트리려는 자여,

저 낭떠러지를 향해 가려는 자여,

잠깐만 기다려라
너 대신 내가 버려질 테니

너를 잃는 바엔 차라리 나를 잃을 테니

함께 울 수 있도록

그대 그렇게 슬픈가요
그대 그렇게 아픈가요

그대 그렇게 가버리시면,
난 슬퍼하지도
아파하지도 않을 겁니다

그대가 이슬이 돼 버리면
내 어떠한 감정도
그대에게 닿을 수 없기에

그대에게 닿지 않는 감정
무슨 소용 있나요

백날 울어도 나만 울 뿐이고
백날 아파도 나만 아플 뿐인데

그러니 제발
함께 울고 함께 아플 수 있게
그 강을 건너지 마세요

땅에는 '그들'이 있었소

구름 위를 노닐다
세상엔 뭐가 있을까 궁금해
땅으로 내려와 봤소

땅에는 산과 들과 동물들이
저마다의 색깔을 지닌 채 살고 있었고
회색 건물들과 시커먼 도로들이
굳은 표정을 짓고 있었소

그리고 나처럼 생긴 자들이 있었는데,

그들은 바쁘게 사는 듯했고
때로는 웃고 때로는 화내고
때로는 울고 때로는 행복해했소

그들은 회색 건물과 시커먼 도로들과는
전혀 어울리지 않았고
산, 들, 동물들보다 매력 있었소

막 안아주고 싶을 정도로

가장 슬픈 별

가장 빛나는 저 별은
나를 볼 수 있을까

나 혼자만 있는 이 뜰 안으로
저 별의 시선 닿을 수 있을까

분명 수많은 이의 눈길이
저 별을 향하고 있을 텐데

수많은 이와 하나하나 눈 맞추어 주다가
나와도 눈 맞추어 줄까

아아……,
그래 어쩌면,
네가 가장 슬픈 별일지도 모르겠구나

수많은 이가 봐주고
수많은 이를 다 보아주지만

바로 곁에서 빛을 내어주지는 못하기에
우리네 사람들을 부러워하며
슬퍼하는 별

빛날수록 슬픈 별

널 닮은 꽃

내 안에서
널 닮은 꽃이
자라나고 있다

네 따뜻한 눈빛에 한 뼘
네 푸근한 미소에 한 뼘
네 보드라운 눈길에 한 뼘
그렇게 네 표정이 나를 스칠 때마다
내 안에 심긴 그 꽃이 자라난다

이제는 그 꽃이 활짝 피어날 시간

널 닮아 어여쁜 그 꽃이,
네 두 손에 살포시 놓일 그 꽃이,
향기 터트리며
활짝 피어날 시간

평온해진 밤의 세상처럼

별빛 반짝이는 밤하늘 아래에서
서툰 웃음 지으며 그대 앞에 섰던 나

그때 그대는
달빛 구슬 같은 눈망울에
은은한 미소 머금으며 날 바라봤지요

그때 나는 어색한 웃음 대신
그대 눈에 어린 미소와 닮은 웃음
지을 수 있었습니다

그렇게 나는
은은한 달빛을 받아 평온해진
밤의 세상처럼 평온해져
그대 눈망울 평온히,
그리고 한없이
바라볼 수 있었습니다

애련화哀戀花

뭬가 그리 바쁘시오
천천히 돌아서도
가는 건 매한가진데

내게서 그리도 빨리 벗어나고 싶소

아니구려

돌아섰지만
발은 묶여 있는 그대구려
차마 가지는 못하는 그대구려

내가 아직 가슴에 맺혀 있어
속으로 우는 그대구려

그 자리엔 아직도

네 안의 그 자리,
그 자리가 비워지고 난 뒤
너는 어디를 향해 발걸음을 옮겼을까

적막한 밤거리를 거닐었을까
아니면
환락의 밤거리를 거닐었을까

어디를 걸었든 쓸쓸해서였겠지만……

네 안의 그 자리,
그 자리엔 아직도
쓸쓸한 기운 서려 있고
찬바람 일고 있을까

내가 떨어져나간
네 가슴 속 그 자리엔 아직도……

나란 사람아

가슴에 들끓는 증오 대신
들끓는 사랑 하나 품었더니
가슴이 온통 따뜻해지는구나

이리도 쉬운 걸 왜 몰랐느냐
이리도 쉬운 걸 왜 못 하느냐
이 사람아

참숯

숯이 되고 싶다
뜨겁게 타오르고
타오르고
또 타올라야만
제 몫을 다하는 숯이

제 모든 것을 태우고도
열기를 지우지 못해
또 타올라
뜨거워져야 할 것들을 뜨겁게 하는

그 참
숯이 되고 싶다

매미의 삶

소나무 껍질에 매달린 매미야
누가 너더러 그리 울어대라더냐

살날이 얼마 남지 않았음을
누가 일러준 것이더냐
하여 그리 목청 다해
울부짖는 것이더냐

혹 그게 아니면,
네 삶을 최선을 다해
살아내고 있는 것이더냐
살날이 짧기에
그만큼 더 열심히
살고 있는 것이더냐

만물의 귀에
나 이렇게 열심히 살다 가오,
하고 외쳐대는 것이더냐

나를 읽는 너의 눈빛

피곤한 몸 침대에 뉘어
한소끔 잠을 청하고
천천히 윗몸을 일으켰다

방문이 열리며
너보다 먼저 네 향기가
방에 들어선다

네 향기가 방안을 달콤하게 할 때
방에 들어선 네가 나를 읽는다

이럴 때 너의 눈빛
참 다사롭고 포근하다

이리 와 안기렴
아니, 안아주렴
네 눈빛처럼 포근하게

지구가 둥근 이유

자기야,
지구가 왜 둥근지 알아?

"왜 둥근데?"

왜냐면,
쪽, 뽀뽀해주고 싶을 만큼
소중하고 예쁜 것들을
꼬옥 감싸고 있어서 그래

내가 지금 너를 감싸고 있는 것처럼

절반의 사랑

첫사랑보다 뜨거웠던
첫 짝사랑

몹시도 뜨거웠지만
그래, 그랬지만
첫사랑보다 못했다

한 쪽만 달아오른 사랑이었기에

오랫동안 사랑했지만
하룻밤 사랑보다 못한
절반의 사랑이었기에

받는 이 없는 사랑,
나에게만 사랑이었던 그 사랑은
어쩌면 사랑이 아니었다

님의 시선 닿지 않는 곳에서 홀로 피어나
쓸쓸히 잎을 떨어뜨린
비련의 꽃이었다

마음 길 끝자락에 피어난 꽃

지난날 갈피를 못 잡고
이리저리 유영하던 나의 마음

갈급한 가슴 채우려
사랑 아닌 사랑을
억지로 사랑이라 여기며
마음이 살짝 가는 누군가에게
나의 마음을 주었다

상대와 나의 사랑이
결코 짙지 않음을 알고도
나를 채우기 위해
상대의 마음을
내 속에 우겨넣기도 했다

그러다가 너를 만났다

이곳저곳 기웃대던 나의 마음이,
갈피를 못 잡던 나의 마음이
너에게 쏠렸고
흔들림 없이 너에게로 흘렀다

그땐 나에게로 흘러오는 것이 없어도 좋았다
내 마음이 너에게로 흘러가는 것,
그것 하나로 좋았다

지금은 너의 마음도 나에게로 흐르고 있다
어느 순간 너도 나에게 쏠려,
이제는 너의 마음도 나에게
순간순간마다 닿고 있다

우리는 그렇게 서로에게로 흘러가
서로의 마음 길 끝자락에 활짝 피어나 있다
흔들리지 않는 꽃으로,
지지 않는 꽃으로.

사라지지 않음을

하늘이 돌돌 말려
해와 달과 별이
사라진다 해도

너로 인해 내 가슴에 뜬
해와
달과
별은
너의 앞에서
사라지지 않음을,

그대 가슴은 아느뇨

사랑이 필요할 때

네가 가장 힘들 때,
그 누구보다 널 사랑해

횃불이 되어 주오

그대 내 안에 들어와
활활 타오르는 횃불이 되어 주오

내 안의 어둠이
그대를 사르는 기름이 될 것이외다

그대가 내 안에서
다 타오르고 나면

그때 나는 그대와 같이
어둠을 벗어난 존재가,
활활 타오를 수 있는 존재가
되어 있을 것이오

그대 미안하오만
한 가지 소원을 더 말하리다

그대 괜찮다면,
그대 내 안에서 다 타오른 후
내 속에서 나와

지금의 나보다 더
어두운 이들 속으로 들어가
활활 타올라 주오

나와 함께.

미안하다, 내 사람아

너에게 미안하다
네가 자랑스럽지 않고 사랑스러워서

네가 이렇게 멋진 일을 이뤄냈는데
자랑스럽지 않고 사랑스럽기만 하다니……

미안하다
이렇게 모자란 사람 가진 일을
멋진 일이라고 해서

왜 그렇게 웃기만 하니
내 사람아,
내 사랑아

아픈 척

오늘은 아픈 척을 좀 해봤어요
날 가엾게 바라보는 그녀 눈빛 보고 싶어서

그런데 그랬더니 그녀가 아파하더군요
그래서 더는 아픈 척을 못 했어요

나도 아파 버려서

새하얀 행복

총각김치, 나박김치
숙깍두기, 오이소박이
새하얀 그릇에 정가롭게 담아
아침 밥상에 올렸다

너의 솜씨, 나의 솜씨
너의 손길, 나의 손길
그렇게 우리 둘의 손길로 만든
이 작품들은,

적당히 짭조름하고
적당히 달짝지근하고
적당히 시큼하다
마치 너와 나를 붙여놓은
그 무언가처럼

저마다 맛깔스런 자태를 뽐내는 우리의 작품들,
이제 드디어 밥과 함께 먹어보려는데,

아, 너도!

같이 젓가락을 든 우리는
같은 총각김치를
같이 집고 말았다

너와 내 얼굴에 피어나는
티 없이 맑은 웃음

정말 아침부터
새하얀 웃음 한가득이다

떠나려거든

떠나려거든
너로 채워진
내 마음 가지고 떠나라

몸이 멀어져도
마음은 그대로이니
가려거든 그렇게,
너로 가득한
내 마음 가지고 떠나라

난 그냥 마음이 없는
산송장으로 살아갈 테니

죄가 될 수 없음을

저녁만 되면
붉게 물든 하늘 애절히 바라봄이
죄가 될 수 없음을

바닥에 누워
멍하니 천장만 바라봄이
죄가 될 수 없음을

책상에 붙박여
한 사람의 사진만 넋 놓고 바라봄이
죄가 될 수 없음을

그리움이 죄가 될 수 없음을……

소나기 내린 후, 바람 이는 여울목

소녀는
산골소년을 기억하고 있습니다
소년의 순수한 눈빛을
소년의 맑은 마음을
소년의 예쁜 부끄러움을
소년의 수수한 사랑을

그래서 소녀는
소년을 다시 보고 싶어합니다

소녀는 죽지 않았습니다
소녀는,
산골소녀가 된 소녀의 이야기를
소년에게 들려주고 싶어
오늘도,
여울목 징검다리에서
소년을 기다리고 있습니다
소년이 여울목을 향할 때에만.

소년의 바람 속에서만.

숙명의 계절

겨울,
다시 또 겨울
끝나지 않는 겨울

겨울이 내뱉는 입김,
겨울은 속까지 차가워서
입김마저 차다

겨울은 정녕
내가 받아들여야 할
숙명의 계절이 된 것일까

차디차다
나의 계절이 차디차다

오늘도,
이별의 말을 뱉고 떠나간 너의 잔영이
겨울이 내뱉는 입김에 서려
나를 하얗게 얼린다

돌아온 계절

봄, 겨울, 겨울, 겨울……

나의 계절이 겨울이 되기 전,
너와 나의 계절은 봄이었다
그 어느 곳의 봄보다 따뜻한 봄.

그동안 얼마나 추웠니

난 몰랐다
네가 차디찬 겨울 속에 갇혀 있을 줄은.
나와 같이 겨울이 숙명의 계절이 되어 있을 줄은.

지금,
너와 나의 계절이 훈풍을 타고
우리에게로 달려온다

서로에게로 달려와 서로에게
봄 온기 그득한 눈빛을 보내는,
지금.

2부

너를 사랑하기 위해

더욱 사랑하리라

나,
그대를 사랑하는가
그대의 아름다움을 사랑하는가

그대의 외모가 변하고
그대의 내면이 변해도
나 그대를
사랑할 수 있는가

그래,
변한 그대도 그대이기에
아름답지 못해도 그대이기에
사랑할 수 있으리라

또한 그대의 내면은
아름다움을 언제라도
담을 수 있는 그릇이기에

변한다면 더욱 더,
변한 그대 다시금 아름다워질 수 있도록
더욱 더,

사랑하리라

네가 눈으로 웃을 때마다

보드레한 너의 눈웃음
봐도 봐도 좋구나

그래, 너는 눈으로 웃을 때가
가장 예쁘다

네가 그렇게 눈으로 웃을 때마다
마음 중에 가장 예쁜 마음이
네 얼굴에 어리는 듯하다
그래서 네가,
세상에서 제일 예쁜 듯하다

네가 눈으로 웃을 때마다

저 꽃구름 안아다가

저녁노을빛에 물들어
발그스레해진 구름

저 발간 꽃구름 한아름 안아다가
너의 품에 안기면
네 뺨에도 발그레한 꽃물 들겠지

네 가슴에 꽃사랑 피겠지

그대여 눈 돌리지 마오

그대여
쾌락의 거리로 눈 돌리지 마오

그대여
재물의 사슬에 매이지 마오

사랑하며 사는 것,
그대 그걸로 족했지 않소

흔들리지 말고

그대가 안기고 싶은 곳,
그곳이 세상이라면
내 눈을 냉정히 바라보고
뒤돌아서세요
흔들리지 말고

그대가 안기고 싶은 곳,
그곳이 따뜻한 곳이라면
내 눈을 고요히 바라보고
내 품에 안기세요
뒤돌아보지 말고

흔들리지 말고

누구의 가슴보다

그대,
그리고 또 그대
그대만 가득한 내 가슴

그렇기에 내 가슴,
그 누구의 가슴보다 따뜻하다

그대이기에 괜찮습니다

나 거북이처럼 엎드릴 테니
내 등에 앉으세요

왜 망설이시나요
제 등에 앉는 게 불편하신가요

아니군요
제가 힘들까봐 그러시는군요

저는 괜찮습니다
저는 거북이보다 더 낮아져
납작한 방석이 되어도 괜찮습니다

그대와 붙어 있을 수만 있다면
괜찮습니다

불쌍하다 할 수 있다면

당신을 욕하는 이를
불쌍하다 할 수 있다면

당신을 저주하는 이를
불쌍하다 할 수 있다면

당신의 얼굴에 침을 뱉는 이를
불쌍하다 할 수 있다면

당신은 늘 행복한 사람일 것입니다

그런 모진 일을 당할 때에도
긍휼한 마음을 품을 수 있는데
어찌 늘 행복한 사람이 아닐 수 있을까요

정말 참 얼마나 행복하면 그럴 수 있을까요
정말 참 얼마나 평온하면 그럴 수 있을까요
정말 참 얼마나 자신을 내려놓았으면
그럴 수 있을까요

당신이 그런 사람이라면
당신은 분명 늘 행복한 사람이며
내가 우러러볼 사람입니다

아!

너를 볼 때마다 가슴이 뛴다

아! 꿈을 품은 사람아

아! 사랑을 품은 사람아

지금 순간을 살아라

살아라
한 순간, 한 순간을 살아라

쓸데없는 고민에 순간들을 없애지 말고
헛된 일에 살날을 죽이지 말고

오직 네가 해야 할 일에
순간순간을 써라

너만이 아는
너만의 참다운 일에

네가 나를 알아본 그때

네가 날 알아보기 전
내가 널 알아보았다

한때 난 너에게
투명 망토를 걸친 이였고
어떠한 의미도 되지 못하는 자였다

그러나 내가 널 알아본 것처럼
너도 날 알아봤을 때,

내 투명 망토 위에는
핑크색 수채 물감이 뿌려졌고
몸에서는 스파크가 튀기 시작했다

그렇게 난 네 눈을 사로잡고 네 감각을 깨우는
또렷하고 생생한 존재가 되었다
비로소 네가 나를 알아본 그때.

내가 너의 마지막 짝임을,
네가 비로소 알아본 그때.

그렇고 그런 사이

너와 난 정분난 사이
만나자마자 정에 빠져
허우적댄 사이

지금도 허우적대며
그렇고 그런 사이를
이어가는 사이

처음 첫눈에 반하고서
지금도 만날 때마다
첫눈에 반하는 사이

그대 만나러 가는 길에서 나는

발걸음을 재촉합니다

숨이 가빠옵니다
한데 발걸음은 빨라만 집니다

누가 나를 이리도 급히 당길 수 있을까요
어찌 상하의 중력보다
횡 선상에서 당기는 이의 힘이 더 클까요

이제 다리가 경보를 끝내고 달리기 시작합니다

드디어,
저 멀리 그대가 보입니다

그대는 보이나요
내 눈에 차오르는 희열이

아,
축지법을 배워놓을 걸 그랬습니다

그대 만나러 가는 길에서 나는,
빨리 오면 아파트 열 채를 준다는
말을 들은 사람보다도
황급하고
황홀합니다

너희들 벌써

산골짜기 시냇가에
다복다복 피어난
자주색 패랭이꽃들에게
눈길이 간다

너희들도 내에 발 담그고 싶어
이렇게 옹기종기 모여 있느냐

아니 어쩌면,
내 발 적시고 있는 이 시원한 냇물이
벌써 너희들을 적시고 있을지도 모르겠구나

벌써 어저께,
냇물이 너희들 뿌리로 시나브로 스며들어
지금은 갈라진 잎 끄트머리까지
시원할지도 모르겠구나

그래 맞다
그래서 너희들이 이렇게
생생하고 어여쁜 것이겠지

부럽구나
이토록 생기를 잘 빨아들이는 너희들이

너와 내가 가는 길이

네가 가는 길이
너를 위한 길이었으면 좋겠다

내가 가는 길이
너를 위한 길이었으면 좋겠다

다 비우고

나 살아 있는 동안
내 속에 있는 것들
그대에게 하나하나
다 내어주고
나 죽을 때,
껍데기가 된 채로
이 세상 떠나리다

그대는 왜

그대 왜 그렇게 골똘히
먼산만 바라보고 있나요

내가 여기 있잖아요
그대 얼굴 보고파하는 내가
그대 뒤에 있잖아요

고뇌에 팔린 그대 눈에
생기 불어넣어 주고

근심에 젖은 그대 가슴
보송하게 말려주고 싶은데

그대는 왜 번민에 팔려
나를 향해 돌아서지 못하나요

내가 그대에게 팔려
이렇게 그대 뒷모습만 바라보며
돌아서지 못하는 것처럼.

애절한 눈빛이 떨리고 있다

새벽녘,
잠에서 깨자
들숨처럼 폐부를 채우는
허우룩한 기운

나도 모르게 숨을 짧게 두 번 내뱉고
오른편 자리를 더듬는다

당연히 없을 수밖에

시트에 배어 있던
네 향기 모두 지워졌건만

그 향기,
내 가슴에는 아직 스민 채로 있는가

밖에선 달빛이 이울어 가며
해가 솟아오는데
어둑한 방 한구석에서는
애절한 눈빛이 떨리고 있다

그래서 미안합니다

내 안에 들어와
내 속을 한 번 보세요

미안합니다
내 속에 당신밖에 없어서

눈빛 하나로

나 두려움 없이 살 수 있으리라

하루 세끼 라면만 먹어도
한 평 반짜리 방에서 벗어나지 못해도
네가 따뜻한 눈빛만 비춰준다면

두려움 없이 살 수 있으리라

네 따뜻한 눈빛 하나로 살 수 있으리라

희망을 바라보라

그대 꼭 살아야 할 이유 있기를,
솟아오르는 태양을 보며 고대하노라

산이 아무리 높아도
네 눈에 잡히고
솟아오르는 태양 따라
솟구치지 못하고
태양 아래 머무나니

너는 네 눈에서 산을 놓아 버리고
그 위로 솟아오르는 태양을 바라보라

태양은 저를 보는 자에게만
광대한 빛을 발하나니

네가 태양빛에 눈이 멀어도
태양을 계속 바라보며 삶을 바라면
태양은 계속 솟구쳐 올라
네 머리 위를
가장 빛나는 빛으로 비출 것이다

그땐 네가 태양을 보지 않아도
산이 너의 눈길을 빼앗지 못할 것이며
산이 보면 눈이 멀 만큼,

네가 빛날 것이다

그대만

내 마음속에 활짝 피어난 그대여,
그대의 향기가 내 가슴에 흘러
오늘도 나 녹은 채로
그대만 그리고 있네요

너의 가슴에 흐르고 싶다

빗물이 유리창을 타고 흘러내린다

흘러내리는 빗물로 흐릿해진 바깥세상,
흐릿한데 맑아 보이는구나

저 바깥세상도
빗물의 흐름을 제 몸으로 느끼고 있을까

아……
나 지금 저 빗물처럼
너의 가슴에 흐르고 싶다

네 가슴 투명하게 맑히며
고요히 흘러내리고 싶다

아기가 되어

아버지는 내가 큰형 같길 바랐다.
큰형처럼 어른스럽길 바랐다.

꿈에 묻혀 현실을 조각내고
답이 없는 미래를 쌓아가는 나를
아버지는 못마땅해하셨다.
그리고 그게 어른스럽지 못한 거라 여기셨다.

그런데 나는 아직까지,
아니, 이전보다 더 어른스러워지고 싶지 않다.
못된 바람일 수도 있겠지만,
내가 어른스러워지길 가장 바라는
우리 아버지 앞에서만은.

몇 달에 한 번 볼 때마다
없는 머리 숱 더 없어 보이고
주름은 더 깊어 보이고
등은 더 굽어 보이고
어깨는 더 좁아 보이는
우리 아버지 앞에서만은.

어리광이라도 부려서
울 아버지 주름 펴드리고
품에 파고들어,
어깨 활짝 펴고
날 안을 수 있게
해드리고 싶다.

그리고 그렇게 안긴 채로
아빠, 하고 불러보고 싶다.

태어나 처음 아빠, 라고 말해
아빠를 환히 웃게 한
그,
아기 중장이가 되어.

울 엄마

어두침침한 길에서 엄마를 찾고자
처량히 울어대는 새끼 고양이

난 그 새끼 고양이의 울음소리를 들으며
울 엄마를 생각했다

울 엄마가 세상 떠나면 난 어떡하나

밥 잘 챙겨 먹으라는 소리,
에구, 에구 하며
날 걱정하는 소리 못 들으면 난 어떡하나
난 아직 철부지인데

엄마! 엄마! 엄마!

울 엄마 세상 떠나면
난 분명 그 고양이처럼 울어댈 것이다

그때 내 나이가 육십, 칠십이 됐다 해도
태어났을 때의 나처럼 마구 울어댈 것이다

그 아픔 느껴본다면

뭘 잘했다고 우냐 하지 마오
미안해서 우는 건데
어찌 그런 소리를 하오

힘들어하고 미안해하며
흘리는 눈물
어찌 그리 매정히 보며
어찌 그리 가벼이 보오

만약 그대
그 사람 속으로 들어가
그 사람의 아픔 느껴본다면
그대도 그처럼 울 것이오

울 만큼,
정녕 울 만큼 아파서.

시간의 열매

나 너에게 닿기까지
얼마나 많은 시간을
너로 채웠는가

너로 지나온 내 시간은
널 향한 내 마음처럼
붉게 익어 있다

이제 그 발간 열매를 거둘 시간

너만으로 붉게 채색된 나의 시간을
네가 걷어안을 시간

노인의 땀방울

햇빛 쨍쨍한 날,
노인은 쪼그려 앉은 몸 옮겨가며
빨간 고추를 딴다

해가 서쪽 하늘을 붉게 물들일 때
노인은 그제야 "아이구" 하며
몸을 일으켜 세운다

이마에 맺힌 땀방울이
노을빛에 비치어 반작인다

세상에서 가장 아름다운 보석이 반작인다

향기의 원천

향긋한 꽃내음도
은은한 풀내음도
당신이 없다면
내게 향기로울 수 없습니다

그 눈물만으로

어두운 골방에서 홀로 흘리는 눈물,
한없이 가라앉은 이의 한恨 서린 눈물,
전부 걷어내어 내 눈에 넣을 수 있다면
나 그 아픔 알 수 있을 텐데

그 눈물만으로
내 눈은 소금에 절여진 양
눈물,
쏟고
쏟을 텐데

물처럼 녹아내릴 때까지

고뇌를 가슴 깊숙한 곳에 가둬놓은 사람
표정 없는 가면 같은 얼굴을 한 채
사람들의 시선을 의식치 않는 사람

가끔씩 크게 흔들리는 눈망울,

그러나 그렇게
가슴속 응어리가 목구멍까지 차올라도
그는 흔들리는 눈망울에 힘만 줄 뿐
눈물샘은 터트리지 않네

왜 그렇게 참고 있나
왜 그렇게 숨기고 있나

이유는 알 수 없으나
참고 있을 필요가 없음은 알기에
나는 그에게 권한다

나와 함께 흐느끼자
나와 함께 꺼이꺼이
울어 젖히자

속의 응어리가 물처럼 녹아내려
너와 내 발바닥 적실 때까지

넌 내 안에 계속 살 테니까

차가운 네 목소리.

"나 많이 생각해봤는데 이제 우리 그만……."

그만.
더는 말하지 말아줘
이별을 말하려 한다면

난 네 따뜻했던 목소리만 기억하고 싶으니

차라리 내가 뒤돌아설게
난 네 따뜻했던 얼굴만 기억하고 싶으니

따뜻했던 너만 내 안에 살게 하고 싶으니

언 문

하나밖에 없는 문이 굳게 잠겨 있다

저 문을 통해 들어온 너는,
이곳 한가운데에 분홍꽃들을 피워냈고
하얀 나비들을 불러들였다

하나 네가 저 문을 나서자
분홍꽃들은 말라 바스러져 버렸고
하얀 나비들은 홀연히 사라져 버렸다

지금은,
휑한 공간에 찬 기운만 감돌고 있고

하나밖에 없는 저 문은
굳게 잠겨 있다

네 사랑이 깡깡 얼어 있다

넓고도 깊은 곳으로

우리는 어디로 흐르는가

냇물이 강으로 흘러가듯
우리도 흘러 흘러
넓고도 깊은 곳으로 향하는가

만약 그렇다면
졸졸대며 흐르던 우리 몸뚱어리
그 넓고도 깊은 곳으로 가
유유히 유영하며
넓고도 깊게 살 수 있을 텐데

비단향꽃무처럼

너는 아름답다

남들이 아무리 네가 못났다 해도
남들이 아무리 너를 무시한다 해도
너는 그저 아름다울 뿐이다

저만의 고유한 향기 흩으며 피어오르는
비단향꽃무처럼.

그녀 앞에서는 나도

마음이 형편없이 말라 버려
나조차 나를 사랑하지 못할 때
그녀가 내게로 왔다

그녀는
눈에 달빛을 새긴 사람이었고
입에 꽃향기를 머금은 사람이었다

그녀의 눈을 처음 본 나는
밤하늘을 밝히는 달빛 아래에 서 있는 듯했고
그녀의 목소리를 처음 들은 나는
분홍 잎을 흩날리는 벚꽃나무 아래에 서 있는 듯했다

그때 내 눈에는 생기가 차올랐고
말라있던 가슴에는
분홍 꽃물결이 출렁였다

그 순간,
나를 모질게 바라보던 나는 없었다

그녀 앞에 서니
나도 사랑스러운 사람이었다

은은한 달빛 같고
꽃향기 나는 사람에게는
나도 어여쁜 사람이었고
달님 곁에서 반짝이는
별님 같은 사람이었다.

너도 나와 같구나

구름아,
왜 하늘에서 내려와
산봉우리 감싸 안았느뇨

아아, 그렇구나
내 마음속에 우뚝 솟아 있는 그 사람
내가 안고 있는 것처럼

너도 우뚝 솟아 있는 네 사랑
안고 있는 거로구나

그 말이 필요한 밤

까만 밤,
텅 빈 공원 벤치 앞에 홀로 서 있는 나

"바람이 많이 차. 옷 따뜻하게 입어."

떠난 이의 입에서
불필요할 만큼
자주 흘러나왔던 그 말

그 평범한 걱정의 말이
그리운 이 밤

그 불필요했던 말이
필요한 이 밤

싸늘한 바람이
홀로 서 있는 나를
할퀴는 이 밤

내 몸 그곳으로 간다면

내 몸,
그대와 마지막으로 함께 했던
그곳으로 간다면

이 말,
바람에 실어 그대에게
날려 보내고 싶다

"이곳은 내 마음이 머물러 있는 곳, 그대가 돌아오길
기다리는 곳입니다. 등 돌린 모습이 아닌, 환히 웃는
얼굴 보이는 앞모습으로, 그대가 나타나주길 기다리
는 곳입니다."

하나가 되어

우리는 안아야 한다
안아서,
서로의 그리움이
우리의 맞댄 가슴팍에서
만나게 해야 한다

애타던 두 마음
한순간에 터트려
두 그리움이,
맞닿아 하나가 된 그리움이,
이제 그리움이 아닌
벅찬 기쁨이 넘실대는,
오아시스와 같은 사랑이
되게 해야 한다

기억의 전부

나 기억상실증에 걸려도
너만 기억할 수 있다면
기억을 상실한 게 아니리라

반짝이는 추리

추리를 해보고 싶소

당신과 내게,
얼마나 초롱초롱한 것들이 달려 있기에
얼마나 환한 것들이 달려 있기에
얼마나 빛나는 것들이 달려 있기에
당신과 내가 이토록 서로 안에서
반짝이고 있는지를,

추리해보고 싶소

그대는 지지 않습니다

그대는 지지 않습니다
그대의 육체가 시들어도
그대의 목소리가 꺼져가도

그대는 지지 않습니다
그대의 눈빛이 흐려져도
그대의 숨결이 떨려와도

그대의 심장이 멈춰도

그대는 지지 않습니다

내 심장에
예전의 그대로,
그대로 피어 있습니다

진짜 너로 피어나야 함을

그,
피다 만 꽃은 조화였다

천 년 만 년이 지나도
활짝 피어날 수 없는……

알겠는가
만들어진 네가 아닌
진짜 너로 피어나야 함을

아름다운 너, 우뚝 서라

누구도 네 아름다움을 해칠 수 없다

네가 짊어진 고통이
지금껏 네가 흘린
눈물의 무게만큼
무거워도

네가 당하는 시련이
지금껏 네가 뱉어낸
탄식의 깊이만큼
깊어 있어도

너의 아름다움은 예전 그대로다
너의 두 번째 이름은 아름다움이기에

사람아
아름다운 사람아
존재하는 것만으로도
아름다운 사람아

너를 둘러싼 고통과 시련을 쪼개고 쪼개
네 본 모습을 온 세상에 보여주길 바라노라

그래 꼭,
고통과 시련을 밟고 일어나
고유하고 보배로운 너의 아름다움을
온 세상에 보여주길 바라노라

내 심장이 그대를 꼭 사랑해야 한다고 합니다.

사랑스럽고

아름답고

오묘하고

신비하고

매력적인

그대이기에,

그대는 꼭 사랑받아야만 한다고 합니다.

부르고 불러도 모자라고

그 아름다움이 닳지 않는 이름,

사람아.